世界经典童话小说书系

金树上的鹦鹉

著者 / 刘易斯·卡罗尔 等　编译 / 李玉红 等

吉林出版集团股份有限公司 | 全国百佳图书出版单位

图书在版编目（CIP）数据

金树上的鹦鹉／（英）刘易斯·卡罗尔等著；李玉红等编译.
--长春：吉林出版集团股份有限公司，2016.12
（世界经典童话小说书系）
ISBN 978-7-5581-2108-1

Ⅰ.①金… Ⅱ.①刘…②李… Ⅲ.①儿童故事－作
品集－世界 Ⅳ.①I18

中国版本图书馆CIP数据核字（2017）第065121号

金树上的鹦鹉

JINSHUSHANG DE YINGWU

著　　者　刘易斯·卡罗尔 等
编　　译　李玉红 等
责任编辑　林　丽
封面设计　张　娜
开　　本　16
字　　数　50千字
印　　张　8
定　　价　29.80元
版　　次　2017年8月　第1版
印　　次　2020年10月　第4次印刷
印　　刷　三河市嵩川印刷有限公司
出　　版　吉林出版集团股份有限公司
发　　行　吉林出版集团股份有限公司
地　　址　长春市绿园区泰来街1825号
电　　话　总编办：0431-88029858
　　　　　发行部：0431-88029836
邮　　编　130011
书　　号　ISBN 978-7-5581-2108-1

儿童自然单纯，本性无邪，爱默生说："儿童是永恒的弥赛亚，他降临到堕落的人间，就是为了引导人们返回天堂。"人们总是期待着保留这份童真，这份无邪本性。

每一个儿童都充满着求知的欲望，对于各种新奇的事物，都有着一种强烈的好奇心，这样在成长的过程中就不可避免地被好的或坏的事物所影响。教育的问题总是让每个父母伤透了脑筋，生怕孩子们早早地磨灭了童真，泯灭了感知美好事物的天性。童话很好地解决了这个问题，让儿童始终心存美好。

徜徉在童话的森林，沿着崎岖的小径一路向前，便会发现王子、公主、小裁缝、呆小子、灰姑娘就在我们身边，怪物、隐身帽、魔法鞋、沙精随时会让我们大吃一惊。展开想象的翅膀，心游万仞，永无岛上定然满是欢乐与自由，小家伙们随心所欲地演绎着自己的传奇。或有稚童捧着双颊，遥望星空，神游天外，幻想着未知的世界，编织着美丽的梦想。那双渴望的眸子，眨呀眨的，明亮异常，即使群星都暗淡了，它也仍会闪烁不停。

童心总是相通的，一篇童话，便会开启一扇心灵之窗，透过这扇窗，让稚童得以窥探森林深处的秘密。每一篇童话都会有意无意地激发稚童的想象力和感知力，让他们在那里深刻地体验潜藏其中的幸福感、喜悦感和安全感，并且让这种体验长久地驻留在孩子的内心，滋养孩子的心灵。愿这套《世界经典童话小说书系》对儿童健康成长能起到一点儿助益，这样也算是不违出版此书的初心了。

编者

2017 年 3 月 21 日

目录
MULU

金树上的鹦鹉

有位年轻有为的国王，他爱护百姓，曾多次微服私访体察民情。

一天，他路过一家门口，听到几个姑娘在交谈，她们是姐妹三人。

"我希望同国王的一位厨师结婚，这样就可以每天吃到好东西。"大姐说。

"我希望同国王的一位内务大臣结婚，这样就能穿漂亮的衣服，住上等的房子。"二姐说。

最小的妹妹什么也没说，两个姐姐一直追问。

"我希望同国王结婚。如果我能当上王后，就会帮助国王治理好王国，让百姓安居乐业。"小妹妹轻声说道。

听完她们的谈话，国王就回宫去了。

第二天，国王带着厨师和内务大臣，他们都打扮成新郎，来到三姐妹家里，迎娶这三位姑娘。三姐妹既意外又幸福，她们都实现了自己的愿望。

开始的时候，大姐和二姐都觉得自己的愿望得到了满足，生活很幸福。可是随着时间的流逝，两个姐姐渐渐嫉妒起做王后的妹妹。

"我们都是一起长大的，凭什么她就高高在上，难道她比我们漂亮吗？"大姐气哄哄地说道。

"是啊，太没有道理了！她的一切似乎都比我们优越，这真让人受不了！"二姐附和道。

两个姐姐对妹妹因为嫉妒而产生了恨意，可是妹妹却浑然不知。

王后生了一个男孩儿，两个姐姐都来帮忙。孩子生下后，王后还没有看到，就被两个姐姐换成一只母猫。

听说王后生了一只母猫，国王十分不安。王后也为此哭了好几天。

两年后，王后又生了一个男孩儿，两个姐姐又欺骗了她，把孩子换成一只鸟儿。国王和王后为此十分痛苦。

又过了两年，王后生下一个漂亮的女儿，两个姐姐故技重施，把孩子换成了洋娃娃。

王后连续三次生下的都是怪物，国王不禁勃然大怒。他觉得王后一定是个妖怪，就把她赶出了王宫。

国王和王后又怎么会知道，他们的三个孩子都被王后的两个姐姐装进陶罐，扔到河里漂走了。

一个叫婆罗门的人住在离河不远的地方。他洗澡时，看见河对面冲来一个陶罐，捞起陶罐，打开一看，一个刚出生的婴儿正在熟睡。婆罗门大吃一惊，赶紧把孩子抱回家去，交给了妻子。

"你瞧，我们没有孩子，老天就赐给我们一个，这是一件多么幸运的事情啊，我们一定要细心照顾他。"婆罗门高兴地说道。

婆罗门夫妇给孩子起名叫阿鲁纳。

两年过去了，婆罗门又捡到了第二个男孩儿，夫妻俩给他起名叫瓦鲁纳。

"亲爱的，看我们的两个宝贝儿多可爱。要是能再有一个女孩儿该多好啊！"一天，婆罗门的妻子说。

又过了两年，婆罗门在河里捡到了第三个孩子，是个女孩儿。

"你瞧，你的愿望实现了，我们有女儿了！"婆罗门激动地说道。

妻子抚摸着孩子的小脸，给她起名叫喀纳玛拉。

婆罗门夫妇特别善良，用心地教育这三个孩子。

阿鲁纳和瓦鲁纳都很听话，也非常孝顺，善解人意，从来不顶撞父母。长大后，他们都成了英俊的青年，待人接物非常和善。

喀纳玛拉长成了一个美貌无双的姑娘，无论她走到哪里，都像一颗耀眼的珍珠一样引人注目。不过最让人刮目相看的还是她的勇敢和智慧。

很多年过去了，婆罗门夫妇年迈体衰，虽然三个儿女在身边悉心照料，可是他们还是相继去世了。

婆罗门离世前，用颤抖的手抚摸着孩子们。

"孩子啊，爸爸妈妈很爱你们，你们都是爸爸妈妈的骄傲！可是，我必须告诉你们，你们都是我从河里捡来的，我们能够生活在一起，那是上天赐给我们的缘分啊！"说完最后一句话，婆罗门便撒手人寰了。

阿鲁纳和瓦鲁纳都十分勤劳，喀纳玛拉又很会持家，兄妹三人的日子过得非常充实富足。

他们重新盖了一幢房子。新房子仿若皇宫一般，雄伟壮观。他们用了很多华美的装饰品，房子周围还栽种了数不清的花草和树木。

兄妹三人居住在新房子里，常常怀念已故的婆罗门夫妇，同时慨叹自己离奇的身世。

"我们该怎么办呢，要怎样才能找到亲生父母，会不会是他们不要我们了呢？"兄妹三人议论纷纷。

兄妹三人怎么会想到，此时，他们的母亲生活得像乞丐一样，正住在一间茅草屋里呢！

一天，一位僧人来到这里，兄妹三人很热情地款待了他。

"你们这里很美，如果再有一样东西就更加完美了。"僧人说。

"是什么呢?"兄妹三人急切地问道。

"离这里不远的地方有座山，山上有一棵金树，树上有两只鹦鹉，如果把它们捉回来，你们就会永远幸福了。"僧人回答说。

"当你捉到鹦鹉回来时，无论如何不要回头看，否则就会立即变成石头。"僧人嘱咐完，就走了。

兄妹三人决定去寻找鹦鹉。

阿鲁纳首先出发，他按照僧人所指的方向，一连走了几天，来到一座高山脚下。阿鲁纳不畏困难，辛苦地爬到山顶，捉到了鹦鹉。

当他往回走的时候，忽然听到身后有人不断地喊叫，他回头一看，马上变成了一块石头，鹦鹉又飞回到那棵金树上了。

很多天过去了，阿鲁纳还没有回来。瓦鲁纳想知道哥哥到底出了什么事情，并想寻找鹦鹉，于是从家里出发了。

可是瓦鲁纳的遭遇同哥哥一样，也变成了石头。

妹妹喀纳玛拉等了很久，仍然没有两个哥哥的消息，她决定亲自去捉鹦鹉。

走了几天，她也来到山脚下，喀纳玛拉勇敢地爬到山顶，捉到了鹦鹉，然后又从山上走下来。下山的途中，她忽然听到背后有人大声急切地呼喊她的名字。

喀纳玛拉虽然紧张、好奇，但仍牢记着僧人的警告，始终没有回头看，而且走得越来越快。

"我和我的哥哥们，一定会离幸福越来越近的，我要加油。"喀纳玛拉想。

当喀纳玛拉走到山脚时，看见那个僧人正在等着自己。

"你是世界上最勇敢的女子，你能做成千上万小伙子们所不能做的事情。"僧人对她说道。

"给你一个神圣的水罐，你要往这些石头上洒水。"僧人指了指她身后的那些石头说。

喀纳玛拉接过水罐，转过身来，一手拿着装鹦鹉的笼子，一只手开始往石头上洒水。瞬间，石头人变成几百个小伙子，他们都站了起来，向她鞠躬致敬，这其中也包括她的哥哥阿鲁纳和瓦鲁纳。

"这些人都曾经为了寻找幸福而来捉鹦鹉，可是他们的意志力不坚定，没有获得成功。你和两个哥哥现在可以把这两只鹦鹉带回去，它会给你们带来幸运，帮助你们过上想要的生活。"僧人对喀纳玛拉说道。

鹦鹉聪明伶俐，经常为他们出谋划策。兄妹三人的生活变得更加美好。

一天，鹦鹉提议把住在一间茅草屋里的老妇人接回家来。三兄妹对此很不理解，但还是按照鹦鹉的要求接回了老妇人。

阿鲁纳和瓦鲁纳每天都恭敬地给老妇人请安。喀纳玛拉更是觉得老妇人格外亲切，每天都精心为老妇人准备三餐，像亲生女儿一样孝顺。

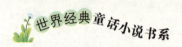

老妇人经常夸奖兄妹三人是善良的好孩子。

又过了些日子，鹦鹉建议兄妹三人邀请国王来吃饭。国王接受了邀请。

国王来之前，鹦鹉告诉三兄妹饭菜的摆放位置，哪些摆在大臣面前，哪些摆在国王面前。

宴会开始了，国王被安排到一个特别的座位上。国王开始品尝饭菜，可是让他吃惊的是，所有的菜都是石头做的，国王看着其他人吃得津津有味，不禁火冒三丈。

"你们竟敢用石头做的饭菜侮辱我，是何用意?"国王生气地站起来，怒视着三兄妹。

"敬爱的国王，请您先回答我们的问题，我们自然会给您答案的。"鹦鹉清脆的声音在宴会厅响起。

国王惊奇地看着笼子里的鹦鹉。

"既然石头不能做饭菜，那么一个女人又怎能生出猫、鸟和洋娃娃呢?"另一只鹦鹉问道。

国王的脑海里像闪电一样回忆起了许多年前的事儿。

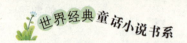

鹦鹉把孩子出生时所发生的事情一五一十地告诉了国王。

"你的三个孩子现在就坐在这里。"两只鹦鹉齐声说。

国王和三兄妹惊喜异常，他们都激动得流下热泪。

"我可怜的、被冤枉的王后现在在哪里呢？"国王问鹦鹉。

这时，老妇人走了出来，原来她就是王后，一家人终于团聚了。

国王把王后和三兄妹都带回王宫，他们都对王后的两个姐姐痛恨不已。

"因为嫉妒而伤害刚出生的婴儿，伤害自己的亲人，这样的人必须受到惩处。"喀纳玛拉气愤地说道。

两个品质恶劣的姐姐被送进大牢，再也没有出来。

阿鲁纳和瓦鲁纳成了最英俊的王子，喀纳玛拉成了最漂亮的公主。两只鹦鹉始终陪伴着这一家人，帮助国王治理王国，惩治坏人，使更多人过上了幸福的生活。

鲁东·卡沙隆

老国王阿贡是一位爱民如子、公正贤明的君主。他有七位冰雪聪明的公主，并视她们为掌上明珠。

公主个个如花似玉，尤其是小公主布巴莎丽，不仅才华出众，而且心地善良，经常救济百姓，深受臣民的尊敬和爱戴。

周围城邦的王公贵戚都把她作为最完美妻子的候选人。

老国王年事已高，打算退位。但是，继承人的选择让他忧心忡忡。按照常理，王位应由大女儿莎朗继承。可是大女儿冷酷骄横，对人刻薄，未来女婿因德是个贪图享乐的纨绔

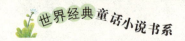
子弟。

把王国交给这两个人如何能让老国王放心呢。

他的心思被善良的女神知道了。女神很想帮助这位贤德的君主，就在夜里托梦给老国王。

"善良的国王，什么事儿让你昼夜难眠啊？"女神关切地问。

于是，老国王把心底的困扰原原本本地告诉了女神。

"众神早就把他们的眷顾给了你的小女儿布巴莎丽了。"女神暗示老国王。

第二天，老国王一觉醒来后，回想着女神的话，顿觉心情舒畅，一切烦恼都烟消云散了。他让人把七位公主和他那忠心耿耿的顾问冷瑟尔以及所有的王公大臣都召进宫来，向他们转述了女神的启示，并宣布把自己的王位传给小女儿莎丽。

听到这个消息，王宫上下一片欢腾，只有莎朗和因德愤愤不平。他们俩策划了一个大阴谋，静待时机加以实施。

一天，莎朗在因德的帮助下，将一种从植物里提出的黑色染料强行涂满了莎丽的全身，并告诫他人不许接近她。那个可爱美丽的小公主变成了一个浑身黝黑的怪物了。

王宫里，没人能认出莎丽了，她被赶出王宫，流浪在街头。谁会相信这个皮肤黝黑的怪物会是出身高贵的公主呢？老臣冷瑟尔虽然知道内情，但也无能为力，只能眼睁睁地看着。

莎朗篡取王位后，增加百姓的赋税，聚敛财富，建造豪华宫殿，每日饮酒狂欢。莎朗还在算计着如何才会不知不觉地害死莎丽。

一天，冷瑟尔接到莎朗的指令，让他将孤苦无依的莎丽带到深林里去，永远不许她回到王宫。

善良的冷瑟尔不得不依命行事。在送莎丽进入森林之前，他暗中派人盖好了一座结实的小木屋供小公主暂时栖身，并准备了一些日常用品。

"可怜的孩子呀，这里远离尘世的喧嚣和仇恨。天神一定会保佑你重返王宫的。"冷瑟尔对莎丽说道。

"给我父亲般关爱的冷瑟尔大人呀，我就把这次苦难当成是上天对我的一次考验吧。乌云不会永远遮住太阳，邪恶永远不会战胜正义。我会在这里每天为我的子民祈求平安的。"莎丽感激地说道。

冷瑟尔听莎丽这样说，悬着的心终于放了下来。

"这样就好。以后我会经常来看你，也会找机会跟百姓说明真相，争取让你早日回去执掌王国。"冷瑟尔最后对莎丽说。

莎丽每天采花装饰小屋，徜徉在山间溪谷之中，常常把最美好的祝福默默地献给正在承受苦难的子民。

无独有偶，尘世间发生了公主被逐事件，天国里也出现了类似的事情。女神的儿子明达此时正愁眉苦脸地躲在花园里，一副心事重重的样子。女神差人催叫再三，他才一脸愁容地来到母亲的面前。

"我的孩子，是什么事情让你变得如此忧伤呢？是食物不够美味，还是衣服不够舒适？快告诉我吧！"女神柔声地问道。

半晌，明达还是一声不吭。

"我最亲爱的宝贝呀，你的沉默不语让母亲变得六神无主。难道你忍心看着母亲为你焦急难安吗？"女神不安地问。

"母亲呀，我很满足身边的一切，可我已经十七岁了，已经有了自己的心事了。我不想结识天国里的姑娘，她们都不具备母亲一般完美的品质。"看到母亲如此急切，明达终于吞吞吐吐地说出了实情。

听了儿子的话，女神为自己的粗心感到自责，面对儿子的难题，她极力地保持镇定。

"明达，你去人间寻找你心爱的姑娘吧。只是你不能以明达的身份，而是必须化身一只黑猴儿才可以见到她。"女神叮嘱道。

女神的话音未落，明达就已经变成了一只大黑猴儿。

"你今后的名字就叫鲁东·卡沙隆。记住母亲的话，有什么事情你就默默地祈祷，我随时都会帮助你。"看见儿子的信念如此坚定，女神说道。

失去英俊相貌的明达别说讨得人间女子的欢心了，就连天国的姑娘也会被吓得目瞪口呆的。

"我的孩子，为了寻找到心上人，这些困难不算什么。

有个姑娘也遭遇到了不幸，正等着你的救助呢。"女神见儿子默默不语，猜出了儿子的心思，安慰道。

鲁东辞别母亲，梦想着邂逅那位姑娘，踏着祥云离开了天国。

一路上，他越过无数的山川溪流，俯瞰人间城市乡村，不知道在哪里落脚才好。迟疑之间，他发现了一片树林，鸟儿啼鸣，花儿铺满山坡。他纵身一跃，降落在这片土地上。

他的到来，引来许多猴子围观。众猴儿被他高超的攀缘本领所折服，连连拍手欢叫。不久，鲁东就被猴子们推举做了猴群的大王。他每天游山玩水，采花儿觅果，同时派出猴儿们去寻找他朝思暮想的姑娘。

一天，莎朗女王打算举行一次盛典，盛典需要许多飞禽走兽当祭品，于是她召来阿基。

"阿基，去捉一只野兽当祭品。如果中午之前你抓不到，我就把你的人头献给天神。"莎朗吩咐道。

阿基急急忙忙来到森林里寻找女王要的祭品。可是，鲁东早已经利用自己的神力通知了林中的飞禽走兽躲藏起来了。

阿基几乎找遍了每一个角落，可还是一无所获。

想到女王的命令，阿基感到无比绝望，竟然坐在地上大哭起来。

这时，鲁东"嗖"地从树上跳下来，站到了阿基的面前。

"你不要害怕，我不会伤害你。我是来帮助你的，你有什么难处？"鲁东问。

惊魂未定的阿基把女王的命令一五一十地告诉了鲁东。

"既然这样，你就带我到王宫里交差吧。"鲁东慷慨地建议道。

"可是你会成为供台上的祭品的！"阿基被这只猴子的善良打动了。

"不必为我担心，还是带我去王宫吧。"鲁东坚持说道。

"我的朋友，我会永远感激你的。"就这样，他们离开了森林，朝王宫走去。

他们刚走进广场，几个士兵就冲上来，七手八脚地捉住了鲁东，将他五花大绑。旁边祭台上的几个人正磨刀霍霍，准备宰杀这只黑猴儿。阿基最后看了一眼鲁东，神色黯然地回到宫中复命。

莎朗女王和因德早已就座，一名士兵手执亮晃晃的钢刀，一步步地逼近鲁东。广场周围的人们都屏住呼吸等待祭祀。

吉时已到，士兵抓住鲁东的头，手起刀落砍了下去。只见鲁东头一缩，身子一转，就听"嘭"的一声，身上捆得结结实实的绳索被绷断。一道黑光"唰"地落到祭台之上，鲁东的身体像陀螺一样飞转。

女王、公主和大臣们吓得面如土色，抱头鼠窜。指挥官命令士兵放箭。鲁东"腾"地跳到士兵中间，挥掌打得士兵们的弓断弦折，整个军队成了一盘散沙。

广场上看热闹的人转瞬之间跑得精光。

　　鲁东领着士兵在广场绕圈。士兵可倒了大霉，一个个丢盔卸甲气喘吁吁，跑得连拎刀的力气都没了，有的士兵干脆一屁股坐在地上。鲁东也停了下来坐在宫墙上抓耳挠腮，嘻嘻哈哈地朝着下边的人打趣。

　　莎朗女王再也没有了往日的高雅气质，只能生气地看着高墙上的鲁东在那里手舞足蹈地跳来跳去。

　　"快把这只猴子给我杀了，难道等我亲自动手吗？"莎朗

女王气急败坏地喊道。

士兵们都累得没有力气了，谁也没有动弹。

"冷瑟尔，你是王国的老臣，难道也要对此事袖手旁观吗？"见此情形，莎朗女王对老臣冷瑟尔说。

听到女王的呵斥，冷瑟尔缓缓地走到鲁东面前。

"过来，我的孩子。你叫什么名字？是谁派你来的呀？"冷瑟尔温和地问道。

"我叫鲁东。老人家，我知道你的名字，你对待老百姓像是慈祥的父亲。"鲁东温和地对冷瑟尔说道。

看见这一切的莎朗突然心生一计。

"我那个讨厌的妹妹估计还没死。如果我派这只凶猛的猴子去杀她，肯定没问题。"莎朗暗想。

莎朗想让冷瑟尔来完成此事。

"冷瑟尔，你把这只黑猴子带到森林里去吧。等到它被驯服之后再弄回来做祭品。"莎朗命令冷瑟尔。

冷瑟尔当然知道女王的蛇蝎心肠，不过凭直觉这只黑猴

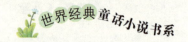

儿绝不会伤害莎丽。于是他答应了女王，把鲁东带到了森林里。

一到森林，冷瑟尔就高呼公主的名字。莎丽欢笑着从木屋里跑了出来。

鲁东看见公主浑身黝黑不由一愣，但是隐约之间感觉到这位姑娘身上散发着一种迷人的气质。

"我善良可爱的公主，它的名字叫鲁东。以后就让它来陪伴和保护你吧。"冷瑟尔介绍说。

公主非常高兴地收留了这个新伙伴。

"我叫莎丽。我们会成为最要好的朋友，是不是呀?"冷瑟尔走后，莎丽捧着鲁东的脸说。

"是呀，我的公主殿下。"鲁东点点头回答道。

公主认为鲁东是上天赐给她的礼物。

鲁东召唤伙伴们摘来各种各样的水果和鲜花送给莎丽。鸟儿们在木屋周围翩翩起舞，放声歌唱。鲁东如影随形地陪伴在公主的身边，一切都是那样的美好。

　　一天夜幕降临的时候，鲁东暗自祈祷，请求母亲的帮助。听到儿子的祷告后，女神立刻命令几个侍女下凡到人间去助儿子一臂之力。

　　侍女为公主建造了一间浴房，里面的喷头是用黄金做的，地板和墙壁是用大理石做的，看上去漂亮极了。侍女从山间引来清澈的泉水装满浴缸，水面上漂着各种芬芳扑鼻的鲜花。侍女们还给莎丽准备了许多用云彩做的衣裳。

　　第二天，鲁东带着公主来到了这间豪华的浴室。公主不禁惊讶万分。

　　鲁东告诉公主这是上天赐给她的礼物。

　　"亲爱的鲁东，你也是上天赐给我的礼物！"公主感慨道。

　　公主走进浴室，呼吸着花香，沐浴着山泉水。突然，神奇的事情发生了，涂抹在莎丽身上的黑色的染料竟然荡然无存，公主立刻变得光彩照人。

　　沐浴后，莎丽穿上侍女们为她准备的衣裳从浴室里走了

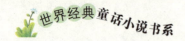

出来。

"鲁东，我穿上这身衣服漂亮吗?"公主轻声地问道。

鲁东端详着前后判若两人的公主，惊得半晌说不出话来。

"莎丽殿下，您是我见过的最漂亮的女子。"鲁东边说边在心里感谢母亲的睿智与远见。

森林里发生的事情不胫而走。那个低矮的小木屋变成了高大华丽的宫殿；那间漂亮的浴室建造得精巧美丽；那个大黑猴儿和美丽的公主寸步不离……

消息很快传到了莎朗的耳中。她万分气恼，没想到自己设计的陷阱不但没弄死这个绊脚石，反而让她如此快活。于是，她又想出了一个歹毒的主意……

第二天，莎朗女王召来了冷瑟尔。

"既然上天眷顾我那个可恶的妹妹，那她作为臣民也不能白白地浪费粮食。我们的王国人多地少，不如让她和我比试一下开垦荒田吧。让她务必在明天天亮之前开垦出五百公顷旱稻田。如果做不到，她人头就得落地。"莎朗女王对冷瑟尔说。

冷瑟尔急忙赶到森林，传达了这个可怕的消息。

"我的姐姐竟然如此狠心，她的心难道是石头做的吗？"莎丽听完，伤心地哭了起来。

"善良的公主，请不要伤心，天神是不会忘记保护那些无辜的人们的。您也不要被暂时的困难吓倒，我们一起想办法吧。"站在一旁的鲁东安慰公主说。

莎朗召来一百名士兵，命令他们火速赶到莎丽住所附近伐木开荒，务必在第二天破晓之前完成任务，否则就将他们处以极刑。

战战兢兢的士兵们即刻开赴森林，卖命苦干起来。

鲁东也开始行动了，他开始祈求母亲的帮助。女神听到儿子的请求，立刻派了四十名男神降临人间。鲁东指挥着男神们在士兵们开荒的森林旁边，开辟了一块开阔的适合种稻子的林地，眨眼之间就完成了任务。

第二天，天刚蒙蒙亮，莎朗女王坐在用丝绸和闪闪发光的宝石装饰而成的轿子上，她的丈夫因德骑着高头大马，得意扬扬地陪伴在一旁。

莎朗女王觉得莎丽这次是必死无疑了。她要亲眼看见妹妹临死时候的可怜相。

可是当他们来到开垦好的旱田边，不禁大吃一惊。只见这块旱田边上，还有另外一块开得更平整的土地，地中间赫然站着老臣冷瑟尔和黑猴儿鲁东。

"女王陛下，这就是莎丽公主开垦的土地。"冷瑟尔向女王禀告。

女王恼羞成怒，心想这个奇丑无比的妹妹竟然会得到别人的帮助，这真是太滑稽了。

"我现在要和莎丽比谁漂亮，现在在场的人来做评判！如果她比不过我的话，就让她人头落地。冷瑟尔，快去把她叫出来。"莎朗女王觉得她一定不会输给那个丑妹妹。

莎丽像一朵五彩的祥云飘然而至。大家都对她的美貌惊

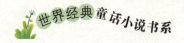
叹不已。

"哦，天呀！女神下凡了。"围观的人不自觉地说道。

莎朗还是不服输。

"莎丽，赶快解开你的发髻，咱们比一比谁的头发更长更迷人！"莎朗边说边解开自己的发髻。只见她浓密的秀发又黑又亮，一直垂到小腿。莎丽不得不打开自己的发髻。只见她乌黑亮丽的头发如绸缎般柔顺，仿佛瀑布倾泻而下，一直垂到脚后跟，在阳光的照射之下散发着光芒。莎朗知道她这次又输了。

莎朗不甘心就此罢手，一计不成又生一计。

"我系的这根腰带还剩下五个扣眼儿没用。如果莎丽系上它，余下的扣眼儿少于五个，我就要砍下她的脑袋。"莎朗叫喊道。

无奈之下，莎丽只好系上腰带，结果腰带居然还剩下七个扣眼儿。带上美丽的腰带，莎丽变得更加婀娜多姿。

"你不要得意得太早。咱们还有一场比赛呢。这回你若是输了，我就把你的衣服扯碎，然后将你吊在大树上，任蚊虫叮咬吸干你的血液。"这下可把莎朗气疯了，她跺着脚歇斯底里地咆哮道。

想到莎丽死去时的惨状，莎朗竟然得意忘形地大笑起来。

"这次我们比试一下谁的未婚夫更英俊魁梧。大家看看因德是不是我们王国中最英俊的男人？"莎朗大喊起来。

全场顿时鸦雀无声，人们讨厌死了这个金玉其外，败絮其中的家伙。

"英俊，女王陛下！"摄于女王的淫威，人们只好低声回答。

"听见了吧？哼哼，你的丈夫是谁呀？"莎朗不屑地望着莎丽。

莎丽这回真的不知所措了，垂下头沉默不语。人们都深深地为小公主担心，紧张得手心里攥出了一把汗。

鲁东悄悄地来到了莎丽的身旁。刽子手脸上挂着邪恶的冷笑，手里掂着雪亮的斧头一步步地逼近他们。

　　"鲁东，你要是我的未婚夫该有多好啊！"莎丽握住鲁东的手说。

　　"多么荒谬的想法呀！你居然想嫁给一只丑陋的畜生。"听到莎丽这样说，莎朗哈哈大笑起来。

　　"莎丽你就甘心受死吧！刽子手，你还在等什么？赶快动手！"莎朗发出命令。

就在这时，大黑猴儿摇身一变，霎时一位英俊潇洒的美男子站在众人面前。

"天哪！这难道是天神降世吗？多么英俊的小伙子呀！"人群中顿时发出一阵欢呼。

"王国的子民呀，我是女神的儿子明达，受到母亲的指引，变身为黑猴儿来到凡间寻找心中的爱人。莎丽公主品质高尚，心地善良，正是我仰慕的姑娘。"明达牵着莎丽的手，对着众人说道。

"然而，她的亲姐姐莎朗利用卑鄙的手段夺取王位，同因德狼狈为奸，坏事做尽。刚才，莎丽已经认我做她的丈夫，作为丈夫我应该尽心尽力地保护好爱人。因德，你作为那个歹毒女人的丈夫也应该这样。那么我们比试一下吧！"明达接着说。

因德哪儿有这个胆量呀，不但没有应战，反而双膝一软，"扑通"一声跪倒在明达面前，不停地磕头求饶。

莎朗一见大势已去，也号啕大哭起来。

"我亲爱的妹妹呀，你是姐妹中最有情有义的人啊，看在神明的分上，原谅我吧！"莎朗拽住莎丽的裙角乞求道。

在场的王公贵族、士兵以及百姓早就对这两个人的行为心存不满，见此情形无不拍手称快。

莎丽返回了久别的王宫。城中百姓穿上盛装，在街上铺满了鲜花，载歌载舞夹道欢迎。

明达携着公主不断地向人们挥手示意。

女神带领诸神在空中遍洒金色的花雨，给大地山川溪流披上新装。整个王国沉浸在和谐祥瑞的气氛之中。

莎朗和因德两个人，被贬到御花园打扫庭院，永远不准踏出大门半步。

莎丽在丈夫明达的辅佐下，成为一名英明的女王，国势日渐强大，百姓安居乐业。

爱丽丝镜中奇遇记

　　下午，温暖的阳光照进屋内，爱丽丝正蜷缩在大安乐椅上打盹儿。一只小黑猫在地毯上玩着爱丽丝刚缠好的绒线团，把线团滚过来滚过去，弄得乱糟糟的。爱丽丝睁开眼睛，看见小黑猫正站在线团上，转着圈儿追自己的尾巴。

　　"哎呀，你这个坏家伙！"爱丽丝把小黑猫抓起来轻轻地吻了一下，表示自己已经不喜欢它了，然后抱着小黑猫重新缩回安乐椅上缠线团。小黑猫乖乖地坐在她的腿上，不时伸出小爪子拨一拨线团，好像要帮忙似的。

　　缠好线团，爱丽丝跟小黑猫聊了起来："小咪咪，你会下象棋吗？刚才我们下棋的时候，你一本正经地瞧着，好像很懂似的。小咪咪，让咱们假装……"爱丽丝说话的时候，总喜欢用"让咱们假装"这几个字。

"让咱们假装你是红棋王后，你交叉着胳膊坐着。来，试一试。"爱丽丝让小黑猫模仿红棋王后的样子。

小黑猫不肯好好地交叉胳膊，她把小黑猫举起来对着镜子，让它瞧瞧自己的傻相。

"要是你不马上改好，"她说，"我就把你放到镜子里的房间去，你觉得怎么样呢？那里的东西跟咱们的一模一样，只不过一切都翻了个个儿。他们那儿也有书，不过字全是反的。看见那个壁炉了吗？只是看不见里面有没有火。哎呀，小咪咪呀！要是咱们能到镜子里的房间去玩该多好啊。小咪咪，让咱们假装镜子玻璃变成了气体，咱们可以通过。嘿！什么……"

话音未落，爱丽丝已经站在镜子里的壁炉台上了，连她自己也不清楚怎么会这样。而且，镜子确实在溶化，像雾一样……

发现自己在镜子里，爱丽丝第一件事就是去看壁炉里有没有火。她高兴地发现那儿果真生着火，房间里很暖和。

"不过这儿收拾得可不怎么干净。"她看着国际象棋的棋子想。接着她惊奇地"啊"了一声，立刻趴在地板上端详起来。

棋子们正一对一对地散步呢！坐在炉铲边上的正是白王和白棋王后。

这时，桌上有什么东西尖叫起来。爱丽丝看见一个白棋小卒在那儿滚来滚去、连蹬带踹。

"这是我的孩子在哭。"白棋王后叫道，从白王身旁冲过去，由于动作太猛，竟把白王撞到炉灰里去了。

爱丽丝热心地把白棋王后捡起来摆到桌子上，让它靠在哭号着的小女儿身旁。

白王跌跌撞撞地顺着壁炉栏杆往上爬，一副很吃力的样子。爱丽丝轻轻地把它拿起来，掸掉满身的炉灰，放在白棋

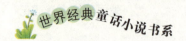
王后旁边。

白王惊魂未定地躺在那里,半天才对白棋王后说:"说实话,亲爱的,我都快要吓死了,我要永远记住这次可怕的经历。"

白棋王后回答说:"要是不记到记事本上,你肯定会忘的。"

白王从衣袋里掏出一个很大的记事本,开始记录这次事

件的经过。

爱丽丝很想帮忙，便从后面抓住比白王还高很多的铅笔，写了起来。白王又吃惊又生气，气喘吁吁地说："我的老天爷！这支笔怎么一点都不听我使唤，写出的都是我不想写的东西……"

白棋王后过来一看，只见上面写着："白骑士从拨火棍上往下溜，可溜得真不稳当啊。"

"哼，这可不是你的经历。"白棋王后生气地说。

爱丽丝决定去看看花园是什么样，眨眼之间就跑出了房间。前面有一个大花坛，四周种着雏菊，中央有一棵柳树。爱丽丝对一朵在微风中悠然摇摆的花儿说："哎，百合花！我真希望你能说话。"

百合花回答："我们都会说话，说得跟你一样好，只是先开口有失身份。"

爱丽丝问："你们怎么会说得这样好呢?"

"你摸摸这儿的土就知道原因了。"百合花回答说。

爱丽丝摸了一下，发现这里的土很硬，可是与这有什么关系呢？

"花坛里的土太软，花儿就总是想睡觉。"百合花说。听起来，这倒是一个很好的理由，爱丽丝很高兴自己知道了这一点。

"花园里除了我，还有别的人吗？"爱丽丝随便问了一声。

"还有一朵像你一样会走来走去的花，但是它比你漂亮。"玫瑰说。

"一会儿你就能瞧见它，它属于荆棘一类。"百合花插嘴说。

"它来啦，我听到它的脚步声啦！"一株飞燕草叫道。

爱丽丝急忙望去，发现来的是红棋王后。

"它长高了好多。"爱丽丝说。这是真的，爱丽丝第一次见到它时，它只有七厘米高，而现在却比爱丽丝高出了半个头！

"我想，最好还是我迎上去。"爱丽丝说。

"那你可办不到，我劝你朝另一个方向走。"玫瑰花说。

爱丽丝觉得这话一点儿道理也没有，就什么也没说，径直朝红棋王后走去。可奇怪的是，红棋王后一眨眼就不见了，而爱丽丝又一次走到了房门前。

爱丽丝转过头，发现红棋王后在前面很远的地方。这次她朝着相反的方向走去。没到一分钟，她就已经站在红棋王后面前了。

"你从哪儿来，往哪儿去？抬起头来好好说话，别玩手指头！在还没有想出怎么回答的时候，你不妨先行个屈膝礼。"红棋王后说。爱丽丝从话中听出了一丝威严，便行了个屈膝礼。

"现在是你回答问题的时候了。"红棋王后看了看怀表说，"说话时把嘴张大点儿，别忘了说'陛下'。"

"我只是想看看花园是什么样，陛下……"

"这就对了。"红棋王后一边说一边拍着爱丽丝的头，

"不过你所说的'花园'，跟我见过的比起来，只能算是荒野。跟我来吧。"

爱丽丝又行了个屈膝礼，默默地跟着红棋王后，一直来到小山顶上。

这真是一片奇怪的田野啊！许许多多的小溪从一头笔直地流向另一头。每两条小溪之间的土地，又被许多绿树篱笆

分隔成许多小方块。

爱丽丝激动地说道："我敢说，这简直就是一个大棋盘。我真希望能成为其中的一员……当然啦，我最喜欢做王后。"说这话的时候，她不好意思地瞧了瞧身旁真正的王后。

红棋王后愉快地微微一笑说："这好办，要是愿意的话，你可以做白棋王后的小卒。现在你正在第二格，可以从第二格走起。等你走到第八格，就可以晋升为王后了……"

突然，不知怎么搞的，她们开始奔跑起来。"快些！再快些！"红棋王后叫嚷着。她们跑得很快，就像飞机在空中滑翔。

爱丽丝正筋疲力尽的时候，红棋王后突然停了下来。爱丽丝发现跑了那么长时间，居然还在原来的地方："真奇怪！我觉得咱们好像一直待在这棵树下。周围的一切还是老样子。"

"当然啦，你还想怎么着呢？"红棋王后说。

"可是，在我住的地方，只要跑一会儿，就能跑到另一个地方。"爱丽丝喘息着说。

"那可真是慢吞吞的地方。"红棋王后说，"在我们这里，想要到别的地方去，得再快上一倍才行。你这个速度只能保持在原地。"

"对不起，我情愿不去了。待在这儿我挺满意的。"爱丽丝说。

"你休息一会儿，我来测量一下。"红棋王后从口袋里掏出一团标着尺寸的缎带，开始在地上比画起来，还钉了一些木桩。

钉好所有的木桩，红棋王后回到树下，又沿着一行木桩朝前走。当走到第二根木桩的时候，红棋王后回头说："你知道吗，小卒第一步应该走两格。所以，你应该很快地穿过第三个格子。我想，你得坐火车吧。你会发现自己一眨眼就到了第四格。这个格子是属于叮当兄和叮当弟的。第五格全是水。第六格是矮胖子的地方……你不需要记下来吗？"

"我……我不知道应该记下来。"爱丽丝结结巴巴地说。

红棋王后说："你应该说'谢谢您的指点，劳您驾了'。第七格是树林，一个骑士会指给你路的。到了第八格，咱们就都是王后了。那时，你就会有各种好吃的、好玩的了。"

没等爱丽丝行屈膝礼，红棋王后说了声"再见"就消失了。

爱丽丝想起自己已经充当了小卒子，应该出发了。当然了，头一件事应该观察一下要去的地方。

那里是一个小山坡，前面有一条小溪。嘿，它们好像在采蜜。爱丽丝一声不响地站着，观察花丛中忙碌的景象，其中一个还把吸管伸进花心里。"真像只地道的蜜蜂。"她想。

可它们绝不可能是蜜蜂，应该是大象，爱丽丝很快就看出了这一点。她吃惊极了，心想："那些花儿该有多么巨大啊，就像是一座去了顶的屋子。再说，它们有多少蜜呀？我

应该去看看……噢，不，现在还不能去。"她忽然想起了工作——赶紧到第三格去！于是跑下小山，跳过第一条小溪。

爱丽丝不知道自己怎么上的火车，发现车警总是望着她，先是用望远镜，然后又用显微镜，再后又用观剧镜看。最后，车警说了一句"你坐错车啦"就走了。

火车上的乘客形形色色，坐在对面的是一个穿着一身白色纸衣服的老绅士，他的身旁是一只山羊，山羊旁边坐着一只甲虫，甲虫另一侧是一匹马。

乘客们七嘴八舌地嘲笑爱丽丝，有的笑她不知道卖票的地方，有的笑她坐错了车。

老绅士俯下身来，悄悄在爱丽丝耳边说："不用理他们，火车停的时候，你买一张回头票就行了。"

爱丽丝有些不耐烦了："才不呢！我压根儿就没打算坐火车。我刚才还在树林里呢，真希望我能再回去！"

这时，一个微弱的声音凑到爱丽丝耳边说道："你知道，你可以拿这些编个笑话……"

"快别烦人了！"爱丽丝说着，并四下张望，想弄清声音的来源。她接着说："你要是这么想听笑话，为什么不自己说一个呢？"

又是一声微弱的叹息。"我知道你是一个朋友，"微弱的声音继续说，"你不会伤害我的，虽然我不过是只小昆虫。"

"哪类昆虫？"爱丽丝有点儿不安了。

"什么？难道你……"昆虫的话突然被一声火车尖叫打断。乘客们惊恐地跳起来，爱丽丝也大吃了一惊。

那匹一直把头探在车窗外面的马回过头来说："没什么，我们刚才跳过了一条小溪。"大家听后安下心来。

火车居然还会跳，爱丽丝觉得有点儿不可思议。"不管怎么说，它总算把我带到第四格了。"她对自己说。

突然，火车垂直升上天空，惊慌中爱丽丝随手一抓，不想正好抓住了那只山羊的胡子。山羊的胡子瞬间溶化了。

下一秒，爱丽丝发觉自己安静地坐在树下。那只蚊子，就是刚才那只跟她说话的昆虫，停在树梢上，正用翅膀给她扇风。它确实是一只很大的蚊子，简直就像是一只小鸡。可是爱丽丝并不害怕。

"难道你对所有的昆虫都不喜欢吗？"蚊子接着刚才的话茬儿说，好像什么事都没发生过一样。

"要是它们会说话，我当然喜欢啦！我们那里的昆虫都不会说话。"爱丽丝说。

蚊子围着爱丽丝嗡嗡飞个不停，又换了个话题："你愿意让自己的名字丢失吗？在那边的树林里，所有的东西都没有名字，任何人进去都会忘记自己的名字。"

"当然不愿意啦。"爱丽丝有点儿不安地说。

蚊子漫不经心地说："但有时候丢了名字倒是件好事，比如老师提问，你没有名字，也就不会被问到了。"

"才不会呢。"爱丽丝说，"老师绝不会因此而放过我的，要是忘了我的名字，他会叫我'密斯'。"

"要是只说'密斯'，人家还以为你'迷失'了呢。一个

玩笑，别介意。"蚊子说。

"有什么好笑的，这个笑话很蹩脚。"爱丽丝说。

蚊子又一声长叹，两滴泪珠滚落下来。

"要是笑话让你伤心，那还是别说了。"爱丽丝说。

又是一声长叹，然后蚊子就不见了。

树荫下有点冷了，爱丽丝站起身走到一块空地上。空地的另一侧是一片阴森的树林。爱丽丝有点不敢进去，但很快就下了决心。

"按规则我是不能后退的，而且这是通往第八格的唯一路线。还有，这一定是那片能让人丢失名字的树林。我可不愿意丢掉自己的名字。"她自言自语。走进了树林，她在一棵树下站住，用手拍着树干说："你叫什么名字？我相信你没有名字……肯定没有名字！"

她默默地站了一分钟，突然说："那么……那么，我是谁呢？我能想出来，我一定能想出来！"但一点儿用也没有，在大大伤了一番脑筋后，只说出了一个"丽"字。

这时一只小鹿走过来，用温柔的大眼睛看着爱丽丝，一点儿也不害怕。

"乖乖，好乖乖。"爱丽丝想摸摸它，但小鹿向后一跳。

"你叫什么呢？"小鹿说话了，声音是那么温柔。

"真希望能知道啊，可我记不起来了。"爱丽丝伤心地说。

"不可能，你再好好想想。"小鹿说。

"能告诉我你叫什么吗？也许这会对我有所启发。"她不好意思地说。

"咱们再走过去一点儿，我就可以告诉你了，在这里我想不起来。"小鹿说。

爱丽丝亲切地搂着小鹿的脖子，来到一片空地上。小鹿猛然一跳，然后欢快地说："我是一只小鹿！我的天啊，原来你是一个人类的小孩！"小鹿美丽的大眼睛里突然流露出一种恐惧，一转眼就跑掉了。

爱丽丝目送着小鹿远去，难过得要哭了。"不过，我现在终于知道自己的名字了，这算是个安慰吧。爱丽丝，爱丽丝，我再也不会忘掉了。"她自言自语。

爱丽丝按照路标不停地走，每个岔路都有两个路标，而且都是指着同一个方向，一个写着"由此去叮当兄的房子"，另一个写着"通向叮当弟的房子"。

拐过一个急弯，迎面走来两个小胖子。很快，爱丽丝就知道他们是谁了，因为他们一个衣服上绣着"兄"字，另一个衣服上绣着"弟"字。

爱丽丝走过去，很有礼貌地说："我想知道怎么才能走出树林，天快黑了，你们能告诉我吗？劳驾啦！"

两个小胖子对视了一眼，嘻嘻笑了起来。

"你一开始就错了！问人家时，应该先问'你好吗'，而且还要握手！"叮当兄说。两兄弟同时伸出手来。

爱丽丝握住两人的手，随着他们跳起舞来。

两个小胖子很快就喘不过气来了。"一支舞跳四圈就足够了。"叮当兄喘息着说。

　　他们停下来，放开爱丽丝的手，盯着她看了好几分钟。

爱丽丝觉得很尴尬，问道："你们不累吗？"

　　"啊，不。谢谢你的关心。"叮当兄说。

　　爱丽丝突然惊慌起来——她听到树林里传来一阵呼哧

声。"那里有狮子、老虎吗？"她害怕地问。

　　"那是红棋国王在打鼾。"叮当弟说。

　　"走，咱们瞧瞧去。"兄弟俩拉着爱丽丝的手，来到红王

酣睡的地方。

红王戴着一顶高高的红色睡帽，蜷缩在那里鼾声大作。叮当兄说："它简直要把自己的头呼噜掉了。"

"躺在潮湿的草地上它会感冒的。"爱丽丝关切地说。

"它正在做梦呢，你猜它梦见了什么？"叮当弟问。

"这个谁也猜不着。"爱丽丝说。

叮当弟得意地拍着手叫道："它梦见的是你呀，要是它没梦见你，你现在就不存在了！你不过是它梦中的东西。你不是真的。"

"我是真的。"爱丽丝说着大哭起来。

"哭也不会让你变成真的，有什么好哭的。"叮当弟说。

爱丽丝不想跟他们计较，擦干眼泪，尽量打起精神："我最好还是赶紧走出树林，天越来越黑了。你们说会下雨吗？"

叮当兄拿出一把大伞，撑在他和弟弟的头上，然后仰起头瞧着伞说："不，不会下雨，至少在伞下不会下雨！"

"自私的家伙。"爱丽丝想。她正想和他们道别，发现天空突然黑了下来。爱丽丝认为会有一场大雨来临："这块乌云好大啊，而且还来得那么快。看，它还有一双翅膀呢！"

"那是大乌鸦！"叮当兄尖叫一声，眨眼间就逃得没影儿了。

爱丽丝跑进了树林，说："在这儿就抓不着我了，它太大了，根本挤不进来。只是它别再这么扇翅膀了，扇起这么大的风。咦，这是谁的纱巾？"

爱丽丝一把抓住纱巾，四下张望，希望能找到纱巾的主人。

爱丽丝看见白棋王后张开双臂发疯似的跑来。她很有礼貌地迎上去："我很高兴捡到了您的纱巾。"说着帮它围上。

这时，天亮了起来。爱丽丝说："一定是那只乌鸦飞走了，真高兴，刚才我还以为是天黑了呢！"

一阵狂风吹来，白棋王后的纱巾又被刮走了，爱丽丝急忙伸手去抓。"我自己来!"白棋王后张开双臂边跑边喊,声音变得越来越尖。它最后一个字的尾声拖得很长,像一只绵羊在叫。爱丽丝吃惊地发现,白棋王后好像突然裹在了一团羊毛里。

爱丽丝擦擦眼睛,弄不清楚到底发生了什么事——她怎么突然在一个小店里啦?难道对面真的是一只绵羊吗?

小店里很黑,爱丽丝看到一只绵羊坐在安乐椅里打毛线。

"你要买什么?"绵羊透过一副大眼镜打量着她。

"还不知道,如果可以,我想先看看。"爱丽丝彬彬有礼地说。

小店里堆满了东西。可奇怪的是,每当她看哪个货架,哪个货架就变空了。爱丽丝看了一个又一个。

"你是个小孩还是个陀螺?你转来转去把我眼睛都弄花了。"绵羊同时用十四对针编织,爱丽丝感到十分惊奇。

"你会划船吗?"绵羊问,同时给了她一对编针。

"会一点儿，但不是在陆地上，更不是用编针……"爱丽丝还没说完，手里的编针就变成了双桨，并且和绵羊一起坐在一只小船上。

小船在水中漂荡，荡过水草丛，荡过树下，两旁是阴森而陡峭的河岸。

"羽毛！羽毛！"绵羊叫道，取出了更多的编针。爱丽丝不明白它在说什么。

"你没听到我喊'羽毛'吗?"绵羊生气地喊道,又取出了一大捆编针。

"是的,我听到了,可我又不是一只鸟。"爱丽丝感到纳闷。

"可你是一只鹅。"绵羊说。

爱丽丝有点不高兴了,半天没说话。

"啊,那是灯芯草!"爱丽丝突然欢快地叫道。她放下桨,卷起袖子,捞起好多灯芯草。

"这儿有螃蟹吗?"爱丽丝问。

"有,这儿什么都有,够你选的。可你要打定主意,到底要买什么?"绵羊说。

"买什么呢?"爱丽丝又是一惊,因为船、桨、小河都消失了,她又回到了那个阴暗的小店。

"我想买一个鸡蛋。"爱丽丝怯生生地说着,把钱放到柜台上。

绵羊收了钱,放进一个盒子里,然后说:"我从来不把东西放到人们的手里，你必须自己去拿。"说罢，它走到小店的另一头，把鸡蛋立着放到一个货架上。

爱丽丝走过去取鸡蛋，可是越走鸡蛋就离她越远，而且走过的地方，所有的东西都变成了树！那个鸡蛋也变得越来越大，越来越像人了。当走到离它只有几步远的时候，爱丽丝看到鸡蛋上有眼睛、鼻子和嘴。她又靠近了些，发现真的是著名的"矮胖子"。

矮胖子正盘腿坐在一面高墙上，一动不动地盯着前方。"他多像一个蛋呀！"爱丽丝说。

矮胖子终于说话了。他转过头来看着爱丽丝说："真气人，竟把我叫作蛋！告诉我你的名字，几岁了？"

"我叫爱丽丝……七岁六个月了。"爱丽丝回答说。

矮胖子沉思着说："七岁六个月，一个多不愉快的年龄啊！哦，如果你征求我的意见，我会说'就停在七岁'，不过已经太晚了。"

爱丽丝生气了，说："我认为一个人是无法阻止年龄增长的。"

"一个人或许没有办法，但两个人就行了。有了适当的帮助，你就可以停在七岁。"矮胖子说。

爱丽丝不想谈论这些无聊的话题。

爱丽丝看着矮胖子，忽然想到了一个话题："你的裤带多漂亮呀！不，多漂亮的领带呀……我的意思是……"爱丽丝有点狼狈了，心想："我要是知道哪儿是脖子就好了！"

矮胖子生气了："岂有此理！你竟然分不清领带和裤带！"

"对不起，恕我无知。"爱丽丝连忙道歉。

矮胖子变得温和了一些："这是一条领带，正如你所说的，是一条漂亮的领带，是白棋国王和王后送我的礼物。"

说到这个，矮胖子变得高兴起来，滔滔不绝地给爱丽丝讲各种词的词性、词义，但爱丽丝一点儿也听不懂。她想自己应该走了，便说了声"再见"就悄悄地走开了。

爱丽丝自言自语："见过很多讨厌的人，但这么讨厌的我还从没遇见过……"话还没说完，一声巨响使整片树林为之一颤。

刹那间，几千名士兵穿过树林跑来。它们跌跌撞撞，跑跑停停。

爱丽丝躲开它们，悄悄走出树林。在一片空地上，她看见白棋国王正坐在地上写东西。见爱丽丝来了，它高兴地喊道："我派士兵去接你了，亲爱的，你见到了吗?"

"是的，看见了好几千呢!"爱丽丝回答说。

"四千二百零七个，这是确切的数字。"国王看着本子说，"除了竞技者和信使，全派出去了。你去路上看看，信使回来了没有?"

爱丽丝看了看远方："我看到了，它走得很慢，走路的姿势很奇怪。"信使走起路来上蹿下跳，扭扭捏捏，活像条鳗鱼。

信使终于到了，它累得上气不接下气，不停地挥舞着手臂说："它们又打起来了!"

"谁打起来了?"爱丽丝鼓起勇气问道。

"当然是狮子和独角兽了。让我们跑去看看吧。"国王回答说。

跑了一会儿，爱丽丝气喘吁吁地请求："能停下来……歇口气吗?"

"我也跑不动了。"国王说，"不过，最好还是快些去制止这场拼杀!"

爱丽丝和国王拼命地跑着，远远看见有一大群人围在那里，中间是狮子和独角兽在搏斗。它们打得尘土飞扬，难解难分。

爱丽丝跑到跟前的时候，搏斗停止了，狮子和独角兽坐在地上喘着粗气。国王宣布："今天就到这儿吧，快去通知击鼓！"信使像蚱蜢一样蹦跳着走了。

鼓声逐渐消失。爱丽丝吃惊地抬起头，周围一个人也没有。她想，刚才一定是在梦中见到了狮子、独角兽和古怪的信使。

突然，一声高喊打断了她的思路。"站住！"一名红骑士飞奔到爱丽丝跟前停下，说，"你是我的俘虏了！"

这时一名白骑士也随后赶来。爱丽丝看看这个，望望那个，心里有些慌乱。

"你知道，她是我的俘虏了！"红骑士开口了。

"是的。不过我已经来救她了。"白骑士回答说。

"好吧，那我们就必须打一仗了。"说着，两人厮打起来。爱丽丝躲到一棵树后。

这场搏斗以白骑士取胜而告终。握手之后，红骑士上马飞奔而去。

"这是一次光荣的胜利，不是吗？"白骑士喘着气说。"我不太知道。"爱丽丝含糊地说，"我不愿意做任何人的俘虏。我要做女王。"

"跨过小溪，你就可以成为女王了。我把你送到树林的尽头就算完成任务了。"白骑士说。

"非常感谢！"爱丽丝高兴地说。

这位可怜的骑士确实不是名好骑手，一路上不停地从马鞍上滚落下来。走了很远，白骑士终于停下来说："已经不远了。你下了小山，过了小溪，就可以成为女王了。"然后又补充道："你愿意等一下，看着我先走吗？当我拐弯时，你向我挥挥手帕，鼓舞一下我。"

"当然，我愿意。"爱丽丝说，"非常感谢你送我这么远的路。"

骑士走到拐弯处，爱丽丝向它挥舞着手帕，直到它的身影消失。

"希望这样会鼓舞它。"爱丽丝说着转身跑下小山。"这是最后一道小溪了，然后我将成为女王，听起来多么动人啊！"爱丽丝自言自语。

"终于到第八格了！"她喊着跳过小溪，在一片柔软的草地上躺下来休息。忽然，她觉得有一个沉甸甸的东西套在了头上。"它怎么会不知不觉地套到我的头上呢？"说着，她摘下头上的东西，原来是一顶金质王冠！

爱丽丝欢呼着："真是太好了，没想到这么快就成了女王！不过，你可不能这样懒懒散散，女王应该很威严。"她站起身，踱着方步说："要是成了女王，我一定要大干一番。"

当红棋王后和白棋王后一边一个坐在爱丽丝身边时，她一点儿也不感到吃惊。

红棋王后皱了皱眉头说："多可笑！你说'要是成了女

王'是什么意思？你不可能成为女王的，除非你通过了考核。"

"我只是说'要是'。"爱丽丝争辩说。

"她心里是这么说的。她在抵赖，只是不知道在抵赖什么。"白棋王后说。

"一种卑鄙缺德的品质。"红棋王后评论道，然后就不说话了。

红棋王后打破了沉默，对白棋王后说："今天下午，我邀请你参加爱丽丝的晚宴。"

"我也请你。"白棋王后微笑着说。

"我还不知道我要举办晚宴。"爱丽丝说，"如果要举办的话，我想我应该邀请一些客人。"

"我们可以给你机会。"红棋王后说，"但是我敢说，你还没有多少有关礼仪方面的知识。

"你还什么都不会。"两个王后特别强调"不会"二字。

"那你会吗？"爱丽丝突然发问，因为她不喜欢别人指手画脚。

"我懂得文学语言！这难道不是很了不起吗?"白棋王后闭着眼睛说。

它们又提了许多乱七八糟的问题，弄得爱丽丝无所适从。

"把她弄糊涂了！那就让她清醒清醒。"它们用树叶为爱丽丝扇风，把她的头发扇得乱蓬蓬的，直到爱丽丝请求它们停下来。

白棋王后累了，把头靠在爱丽丝的肩上说："我太困了。"

"它真可怜。那你就抚摸抚摸它的头发，把睡帽借给它，再给它唱支催眠曲。"红棋王后说。

爱丽丝本想照办，可是她发现自己根本就没有睡帽，也不会唱什么催眠曲。

红棋王后无奈地说："那只能由我来唱了。"说罢，它就唱了起来："睡吧，夫人，睡在爱丽丝的身旁！宴会之前，我们还有小睡的时光。宴会之后，红棋王后、白棋王后、爱丽丝，再和大家一起去舞会上欢畅欢畅！"

"现在你知道歌词了，"红棋王后说着把头靠在爱丽丝的另一个肩膀上，"那就再唱给我听吧，我也困了。"

一会儿工夫，两位王后都睡着了。鼾声越来越清晰，渐渐变成了一种曲调，最后甚至能听出歌词来。爱丽丝很想听清楚，可是忽然这两个人消失了。

爱丽丝发现自己站在一座拱门前，门楣上用大字写着"爱丽丝女王"。门突然开了，爱丽丝进入大厅。客人已经到齐了，它们是飞鸟、走兽、鲜花。主桌放着三把椅子，红棋王后和白棋王后已经占据了两把，中间一把空着，爱丽丝坐了下来。

"让我们干杯，祝爱丽丝女王身体健康！"红棋王后高声尖叫着。客人们用千奇百怪的姿势开怀畅饮。

"当心！"白棋王后一把抓住爱丽丝的头发尖叫起来，"要出乱子了！"

刹那间，什么都变了，蜡烛全都长得和天花板一样高，酒瓶生出了一对翅膀，刀叉长了腿到处乱跑，而汤勺从餐桌上向爱丽丝走来，并且不耐烦地要她让路。还有几位客人躺在盘子里，白棋王后也掉进了汤碗。

"我再也无法忍受了！"爱丽丝喊道。她站起身来，抓住桌布用力一拽，所有的东西全都滚落到地上。

"至于你呢……"爱丽丝怒对红棋王后。她认为红棋王后是这个恶作剧的根子，但它哪儿去了？

红棋王后缩成了一个小娃娃，正在桌子上欢乐地转圈圈，追逐着身后的围巾。当这个小东西正要跳过一个倒在桌子上的瓶子时，爱丽丝捉住了它。

"原来你在这儿，我要把你变成一只小黑猫！"爱丽丝抓起它一阵乱抢。

红棋王后没有反抗，只是脸变得很小，眼睛变大变绿。爱丽丝继续抢着，它继续变矮、变胖、变软、变圆，最后变成了一只小黑猫……

金 银 岛

　　乡绅特里罗尼、利弗西医生，还有其他的几位先生，早就想请我写出有关宝岛的全部详情。但要去掉岛的方位，因为那里仍有未被找到的宝藏。我于公元一七××年提起笔，思绪回到了当年我父亲开"本葆海军上将"旅店的时候。当时，那个棕色皮肤、带着刀疤、身材高大的老海员，第一次来到旅店投宿。

　　他步履沉重地来到旅店门口，全身脏兮兮的，手上疤痕累累，一道铅灰色的刀疤横贯一侧面颊。他环顾小海湾，吹着口哨，嘴里冒出那支高亢、古老，日后也经常哼唱的水手

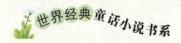

老调：

　　"十五个汉子趴上了死人胸。

　　哟—嗬—嗬，

　　再来朗姆酒一大瓶！"

　　因为旅店客人不多，他便住了下来，并让我们称呼他为船长。

　　平时，船长沉默寡言，整天带着一架黄铜望远镜在小海湾或峭壁上转悠，整晚坐在客房火炉旁灌朗姆酒和水。大多数时候，别人和他说话他都不予理睬。每当巡游回来，他都会问是否有船员路过。后来我们才明白，他是想避开他们。

　　有一天，船长让我帮他"留神一个独腿水手"，说一旦那个人出现，要马上通知他，为此，他便会每月月初付给我一枚四便士的银币。虽然那个"独腿水手"搅得我不得安宁，经常做噩梦，但我却不像旅店里大多数人那么怕船长。

　　船长喝醉后，有时会唱些邪恶、粗俗的水手歌曲，有时会逼着战战兢兢的房客听他讲故事，而且多半是关于绞刑的故事。他上床前不准任何人离开旅店。

船长的故事吓坏了所有的人，以至于在他无钱支付房费的时候，我父亲都没胆量让他交钱。

我父亲病了，在病情每况愈下之时，这位船长碰了一次钉子。一天傍晚，利弗西医生看望完父亲，和花匠老泰勒在客厅说话。船长喝得烂醉走进来，哼着常哼的那首歌，强迫所有的人安静。

看到医生依旧说着话，船长恼羞成怒，拿刀恐吓他。医生岿然不动，平静地叫他放下刀，告诉他，如果再这样，将在下次的巡回审判中绞死他。船长很快屈服了，像只挨了打的狗一样咕哝着。

医生警告说："我不仅是一名医生，还是一名地方法官，若你以后再这样无理，我将为此而采取严厉措施。"那天晚上，船长一直沉默不语，在后来的几个晚上都是这样。

这件事过去不久，发生了一件终于可以摆脱船长的事件。那天，船长比往常起得早，拿着短刀和望远镜到海边去了。

　　我正在摆放餐具，一个面色苍白、大腹便便、左手少了两根指头的家伙走进客厅。他打手势让我过去，不怀好意地问我关于他的同伴比尔的消息。我和他聊了几句，发现他所说的比尔是指船长。我告诉他，我不认识比尔，船长到外面散步去了，马上就回来。陌生人一直守候在旅店门口，就像

猫在等待耗子出现似的，而且不让我走出房门。

看见船长回来，陌生人让我和他一起藏在门后。我非常不安，他也相当恐惧，不时擦拭刀柄，活动着鞘里的短刀。

船长走进来，陌生人大声叫道："比尔！"船长转过身，瞬间变了脸色，就像见到了鬼或邪恶的东西。

"黑狗！"船长大喊一声。

船长命令我出去。我退到酒吧间，听到船长大骂道："如果要上绞架，那就一起上。"接着，传来金属的撞击声和痛苦的嘶喊声，"黑狗"左肩淌着血，仓皇逃走了。

船长返身回屋，踉踉跄跄，想喝酒。我拿酒进来，只见船长仰面躺在地板上，气息微弱，眼睛闭着，脸色十分难看。这时，来看望父亲的利弗西医生来了。他判断船长是中风，为他放了血。放血时，我们看见船长胳膊上有几处刺青——"比尔·彭斯的爱物"和一个人吊在绞刑架上。

傍晚时分，我去看船长，他不停地乞求我给他一杯酒。

"吉姆，吉姆·霍金斯！"船长口齿不清地说。

他在叫我的名字，并且越叫越凶。为了不吵醒父亲，我给了他一杯酒。

我告诉船长，医生让他至少躺一个星期，他大叫着说他办不到，还和我说，那些不通事理的水手们会找到他，给他下黑券，他要再一次扬帆远航，再逗弄他们一回，让他们扑个空。

船长说他以前是老弗林特的大副，那只旧航海箱就是老弗林特死前送给他的，而那个黑狗是个坏蛋，派他来的人更坏。

船长和我商量，如果他们来下黑券，我就去找医生，让他召集人马，把这帮坏蛋一网打尽，事后再分给我一半好处。我有很多疑问，比如谁是老弗林特，黑券又是什么，但船长什么也没说。

这天晚上父亲突然去世了，我只好把船长的事暂搁一边。以后几天，船长像往常一样喝酒，身体日渐衰弱，脾气更加急躁。

一天下午三点钟左右，一个瞎子来到旅店，紧紧抓住我的手，逼迫我领他去见船长，然后给了船长一件东西就走了。船长脸色很难看，不大一会儿，便头朝下轰的一声栽倒在地板上。

船长中风死了。

我意识到自己正处在危险之中，立刻把这一切告诉母亲。我们决定一同去附近的村子求援。

我们到达村子，诉说了我们的麻烦。此时我才知道，老弗林特是海盗的首领。出于对老弗林特船长的恐惧，没人愿意帮我们保卫旅店，只有几个人同意帮忙去找利弗西医生。

我们赶回旅店，闩上门，在尸体旁边找到一个圆形纸片。这就是黑券，一面是黑色，另一面写着"你只能活到今晚十点"的字样。现在是六点，我和母亲打开船长留下的箱子。里面有大量的金币、银圆，箱底还有一沓用油布包着的文件。在这期间，不时传来瞎子手杖触地的声音。

不久，山上传来口哨声，情急之下，我们拿起油布包，离开旅店向村子跑去。走到桥上，听见几个人的脚步声，我和母亲只好躲在桥下，察看动静。

在好奇心的驱使下，我又爬到岸上，隐藏在一丛金雀花的后面。我看见七八个人跑进旅店，然后屋子里传出一声喊叫："比尔死了！"

在瞎子皮乌的指挥下，他们翻箱倒柜，但没有找到他们想要的东西，于是又搜遍整个旅店，寻找我和母亲。

　　这时，又响起了口哨声，是从村子那边传来的。从海盗们的反应来看，这是在警告他们危险已经迫近。然后便是一片混乱，海盗们为是继续找人还是赶快离开争吵起来。吵得正激烈时，疾驰的马蹄声和一声枪响传来，海盗们四散逃命。瞎子撞来撞去，一头撞在奔来的马蹄下，那个骑手本想挽救他的性命，可是已经迟了。行政长官丹斯赶到海湾时，海盗们已经远离海岸。

　　我把情况告诉了丹斯先生，和他一起骑马去利弗西医生家。

　　我们最终在乡绅家找到了医生。丹斯先生把事情的经过说了一遍。医生接过油布包，平静地放进上衣口袋。把行政官打发走，他们开始讨论，最后得出的结论是，油布包里藏有关于老弗林特宝藏的秘密。

　　油布包里有一个本子和一份密封的文件。本子记录了老弗林特船长近二十多年的账目，这是一份巨大的财产。密封文件里是一张岛屿地图，上面标有经纬度、水深、小山、港湾、入口名称，以及小船停泊到岸边所需的一些细节。地图背面写着山名、入口处，以及银条、武器的位置。

乡绅和利弗西医生满心欢喜。为了找到宝藏，在接下来的日子里，他们忙碌地做着出征的准备。

他们做着准备，我则在猎场看守人莱德鲁斯的照管下，像犯人一样住在医生府邸，满脑子都是对航海和探险的设想。

一周后，乡绅写给医生一封信，附注标明可以由我来拆阅。信上说，他通过老朋友布兰德利得到了一艘叫"伊斯班袅拉"号的船。有人说这船本就是布兰德利的，可他不信。他找到了一个名叫约翰·西尔弗的高个子厨子，他少了一条腿，曾经是个水手。除此之外，约翰还帮乡绅召集了一些久经考验的老船员。信中还提到，要是我们八月底还没有返回，布兰德利会派另一艘船去寻找。

我回到旅店，在乡绅的帮助下旅店已经修复。第二天午饭后，我恋恋不舍地告别母亲，开始了征程。

乡绅给了我一张写给约翰·西尔弗的便条，上面写着一个地址。那是个非常热闹的小娱乐场所，顾客差不多都是海员。

我正在门口犹豫要不要进去时，看见独腿的约翰拄着拐杖，正和一个顾客谈笑风生。说实话，从在乡绅的信里第一次知道约翰时起，我就怀疑他是那个"独腿水手"。

我鼓起勇气，把便条递给约翰。这时，我看见"黑狗"离开座位，夺门而出。约翰叫人去追这个没付账的人。他神情激动，说不认识"黑狗"这个无赖。在我看来，这位厨子太有城府了。

然后，我们去找乡绅和医生，叙述了刚才发生的情况。两位对"黑狗"的跑掉感到很遗憾，但对约翰的表现很满意。

约翰架着拐杖走了，我和两位先生上了"伊斯班岌拉"号。在船上，我们遇到了大副埃罗先生，他是个有着棕色皮肤的老水手，耳朵上戴着耳环，一只眼睛斜视。

不久，斯莫列特船长向两位先生申述，说他不满意这次航行和那些水手，因为水手们知道了太多关于宝藏的秘密，要求我们采取措施防范，否则他会辞职。乡绅和医生感到震惊，不得不接受了船长的建议。船长离开了，乡绅对他很不满意。

厨子一上船，船长就让他去做饭。医生认为厨子是个好人，而船长却不以为然。船长让我去厨房帮忙，他说："我的船上不允许有受宠的人。"我保证，我和乡绅一样，都恨透了这个船长。

那天晚上，我们通宵忙碌，将物品装舱归位。将近黎明时，水手长吹响了哨子，约翰冲天唱出我熟悉的那首歌。

"十五个汉子趴上了死人胸。"

接着，全体船员跟着合唱。

"哟—嗬—嗬，再来朗姆酒一大瓶！"

第二个"嗬"刚一出口，他们一齐推动了绞盘杠。

船起锚了。

航行很顺利，但在我们到达宝岛之前，发生了两三件事，有必要讲清楚。

首先是埃罗先生，他在人们眼中没有丝毫威信，而且因为酗酒掉进海里死了；约翰的好朋友——水手长乔布·安德森接替他大副的工作；乡绅和斯莫列特船长的关系仍然很疏远。

船上的每个人都很满意，因为船上有酒、肉、馒头和一桶苹果。

那天傍晚，我干完活，去取苹果，可是桶里一个苹果都没了，于是我在桶里打起盹儿来。这时，一个人靠着桶坐了下来，我通过声音判断，知道这人是约翰。我蜷伏在里面，战战兢兢地听着他和水手伊斯莱尔·汉兹谈话，不久狄克也加入了他们的谈话。从他们的交谈中我得知，原来老弗林特的大部分手下都在我们的船上，约翰他们三个决定，一旦时机成熟，就将我们斩尽杀绝！我还听见有人说"再没有人想加入了"，看来船上还有忠实可信的人。

就在这时，有人喊道："陆地——嗬！"甲板上响起了一片奔跑声。我立刻从苹果桶里溜出来，和其他人一起跑到甲板上。

我们的西南方耸立着三座圆锥形的山，约翰说那块陆地叫"骷髅岛"，山自北向南分别是前桅山、主桅山和后桅山，主桅山又叫"望远镜山"。

我对约翰的冷静感到吃惊，看到他走近，我都吓傻了。

船长、乡绅和医生正聚在后甲板上，我借机靠近医生，说有可怕的消息要告诉他。医生脸色略微一变，然后和另外两人交谈起来。不久，船长召集所有船员到甲板上喝酒庆祝。三位先生则去了特等舱，片刻，我也被人叫去。

我简单讲述了约翰三人谈话的内容，他们向我道谢，然后商量对策。我们的人只有七个，而他们有十九个。最后，我们决定装出若无其事的样子，同时保持高度的警惕。

黎明时分，船停在东岸东南方。灰色的树林覆盖了大部分岛屿，我的心情就像这片忧郁的树林。

约翰引领大船进港。水手们纪律松弛，这种状态从看见陆地时就开始了。现在让他们做任何一件小事都会招来冷眼，即使去做了，也是勉勉强强。约翰尽力劝说他们。

我们在特等舱召开了一次"军事"会议。会议决定，准许船员们到岸上待一个下午，如果这样，我们就可以据守住大船来作战。要是他们都不去，我们就把守住特等舱。

最后，对方有六人留在了船上，其余十三人，包括约翰，上了小船。

我溜上一只小船，趁机钻进灌木丛，不理睬约翰的叫喊。

从约翰手里溜掉，我得意万分，终于可以开始我的探险了。我穿过沼泽，在林间东走西转，通过一条长长的灌木林带，来到一片芦苇丛生的沼泽。

突然，响起了一阵受惊飞鸟的喧闹声，我远远听到一个人在低声说话，而且声音越来越近。我赶紧蜷伏在一棵橡树下，分辨出那是约翰的声音。我意识到应当去偷听一下他们的谈话，于是缓慢而坚定地向他们爬去。其间，艾伦死了，正直的汤姆也没能幸免于难。

等缓过神儿来，我撒腿就跑，不知不觉来到双峰山脚下。而就在这里，一个新的威胁吓得我动弹不得，一个黑乎乎、毛茸茸的"野人"拦住了我的去路。

我突然想起身上带着一把枪，顿时勇气大增，于是迈开轻快的步子向他走去。"野人"躲在另一棵大树后面，目不转睛地看着我。最后，令我吃惊的是，他竟然跪在地上，十指交叉伸向前方，一副哀求的样子。

通过交谈，我知道他叫本·葛恩，已被放逐岛上三年了。他告诉了我老弗林特藏宝和杀害同伙的事，我也把船上的情况告诉了他。他表示愿意帮我们找到宝藏，但希望我们能带他回家。

在离日落还有一两个小时的时候，岛上响起了大炮轰鸣的回声。隔了一段时间，又是一阵枪声。被放逐的水手跟我朝锚地跑去，我看到前面不远处，一面英国国旗在一片树林上空迎风飘扬。

下面是船长的追述。

两只小船上岸时，医生、乡绅和我正在特等舱里商议对策。哪怕稍有点儿风，我们便可以袭击船上的反叛分子，然后起锚出海，但一丝风也没有。更使我们绝望的是，吉姆和那些人已经一起上了岸。

等待实在叫人心烦，于是我和亨特乘着小船上岸侦察。上岸后，我以近乎奔跑的速度来到寨子前，它是老弗林特用圆木围泉而建的木屋，四面建有射击孔。

突然，岛上传来了一个人的惨叫声，我想应该是吉姆发出的。我毫不迟疑地返回岸边，跳上小船。我们制定了一个十分冒险的计划：由亨特、乔埃斯和我把火药桶、火枪、饼干袋、医药箱等物资装到小船上，运到寨子里。乡绅他们则留在船上应付对手。值得一提的是，对方的水手葛雷加入了我们的阵营。

我们跳进小船，离开大船，向岸边划去。

船长的追述就是这些。

下面是医生的追述。

由于小船超载，而且正值退潮，我们艰难缓慢地逆流而上，以致偏离了上岸的最佳位置。我们突然意识到大炮和炮弹、火药被落在了船上，而此刻它正对着我们。

岸上的海盗也成群结队地钻出树林，登上小船，准备包

围我们。我们的小船靠近岸边，这时炮响了，气浪使小船的尾部沉了下去。人虽然安然无恙，可物资却沉到了水底，五支枪中只有两支尚可使用。

我们拼命向岸上跑，穿过通往寨子的丛林。很快就听到了一阵奔跑声，我意识到一场遭遇战是不可避免了，于是我们马上检查手中的武器。我们来到树林边，几乎同时，安德森等七个反叛分子从西南方向出现。

趁他们愣神的工夫，乡绅和我，还有木屋里的亨特和乔埃斯抓住时机射击。一个敌人倒了下去，其余的人向树林里逃窜。我们为战果热烈欢呼，不幸的是，一颗子弹射中了可怜的汤姆·雷卓斯。

船长从衣服口袋里拿出一面英国国旗，拴到一根树枝上，竖在屋顶的一角。我告诉船长，要是我们八月底之前没有返回，布兰德利就会派人来找我们。可眼下，我们正处在危险之中，大炮不断地轰炸我们，幸亏还没有危及生命。

勇敢的葛雷和亨特回到岸边去寻找丢失的物资，但发现它们已经被约翰抢走了。

船长在写航海日志时，我听见了吉姆的喊声，他平安地回到了我们身边。

医生的追述就是这些。

吉姆继续他的故事。

本·葛恩一看到英国国旗就拉住我的胳膊叫我停下。他肯定地说那是自己人，如果是约翰，那家伙一定会挂上骷髅旗。同时，他一再地提醒我不要忘了我们之间的约定。

正在这时，一发炮弹落在附近，我们立刻朝着不同的方向跑开。我沿着树林边缘迂回到寨子，受到朋友们的欢迎。斯莫列特船长给我们分派了任务，在休息的间隙医生向我打听葛恩的为人，并要我把自己的干酪送给葛恩。

晚饭后，三个头头聚在一个角落里讨论局势。看来他们似乎一筹莫展，储存的食品太少了，在接应船到来之前我们可能就会饿死。

我累得要死，倒地便睡。清晨，我被一声枪响和说话声吵醒。

听见有人喊"白旗！""约翰！"我一跃而起，顺着射击孔看见约翰和一个拿白旗的人走来。船长十分警觉，站到门廊下一处冷枪打不到的地方，并分配了我们的防卫位置。

约翰是来和我们谈判的，在得到船长保证不开枪的承诺后，一人爬上小丘，来到船长面前。约翰说他对我们昨夜的偷袭行为很不满，船员中已有一人死亡。我想一定是葛恩在海盗们喝得酩酊大醉时光顾了那里。我敢肯定，我们只剩下十四个对手了。

最后，约翰说出了他真正的目的——得到宝藏。他威胁着让我们拿出藏宝图，并提出了他认为是最优惠的条件来引诱我们。船长十分愤怒，但语气平淡坚决，他警告约翰，下次见到他，一定要让他后脊梁吃一颗子弹。

约翰骂骂咧咧地离开了寨子。

约翰一离开，船长便回到屋里。发现除了葛雷外谁都没在自己的岗位上，他勃然大怒，把我们狠狠地训斥了一番。我们面红耳赤，溜回到自己的位置上，焦虑地等待着约翰的进攻。一个小时过去了。

"该死的家伙，沉闷得好像赤道的无风带！"船长说。而就在这时，传来了进攻的消息。随着一声大喊，几个海盗从北面的树林冲出来，直奔寨子。我们奋力迎战，可依旧挡不住他们猛烈的进攻。

形势危急！在船长的命令下，我们跑出屋子与他们作战，我手里也提着一把刀。我们最终取得了胜利。海盗死了

五个人，我们也为此付出了惨痛的代价。亨特昏迷不醒，乔埃斯死了，乡绅搀扶着船长，两人面色苍白。

反叛者没有卷土重来，树林中再没听到枪声。我们有足够的时间来料理伤员，亨特没能苏醒过来，船长虽然受了伤，但未击中要害。

午饭后，乡绅和医生在船长身旁坐下来，讨论军情。刚过正午，医生拿起帽子、手枪、弯刀和地图，翻过北边的栅栏，迅速地消失在丛林中。我敢说他是去见本·葛恩，事后证明我的猜测是对的。

现在我非常厌恶这个血迹斑斑、尸体横躺的地方。于是我做出了一个疯狂的举动：带上干粮和武器，溜出寨子，去了沙尖嘴。我找到了本·葛恩藏在那里的小艇，萌生了一个想法：在夜幕的掩护下，划着小艇靠近"伊斯班裘拉"号，砍断锚索，让船随波漂流。

夜幕降临后，我麻利地把小艇放入水中。小艇不好驾驭，不过我运气好，潮水把它冲向"伊斯班裘拉"号的方向。

小艇一接近锚索，我就立刻抓住它。我忽然意识到，砍断绷紧的锚索会给小艇带来倾覆的危险。但幸运之神再次垂青于我，一阵海风吹来，潮水把大船高高拱起，锚索松动了一下。我毫不迟疑，掏出弯刀，割断锚索。

大船在潮水的带动下慢慢掉转了船身，醉如烂泥的海盗们完全没有察觉。直到大船突然大幅度转弯，才有两个海盗意识到灾难即将来临。

我在小艇上趴了几个小时，受着疲倦和惊恐的煎熬，后来就睡着了。

醒来时天已经大亮，我发现帆索海角和后桅山就在眼前。但怪异的海狮、陡峭的海岸和汹涌的海浪使我畏缩不前。我决定放弃这里，向看起来温顺得多的森林岬角靠近。

我躺在艇上，不敢乱动，因为只要重心稍有偏移，小艇就会倾斜，直至翻船。我不时地轻轻划上两下，使船头朝向陆地。

　　靠近陆地时，我口干舌燥，急需找一个阴凉处靠岸。在正前方，我发现"伊斯班袅拉"号正在航行。我惊愕万分，不知如何是好。我渐渐发觉，船上没有人。

　　我瞅准机会，迅速靠近大船，提心吊胆地顺着小艇桅杆爬上去，终于一头跌倒在大船的甲板上。小艇已被大船撞沉，我没有退路了，只能留在大船上。

　　我看见了已经死去的奥布赖恩和受伤的汉兹，我想这肯定是他们酒后自相残杀的结果。

　　我爬进船舱，里面一片狼藉。我找到一些吃的，把船里仅剩的那点儿白兰地给了汉兹。我告诉他，我是来接管这艘船的。他轻蔑地看了我一眼，什么也没说。我降下那该死的海盗旗，扔出船外。汉兹偷偷看着我，说只要我供他吃喝，帮他包扎伤口，就告诉我怎样驾驶大船。他的话似乎可信，于是我们达成交易。三分钟后，我已经能让"伊斯班袅拉"号沿着藏宝岛的西海岸轻松行驶了。我的目的地是北汊。

　　我们不费吹灰之力就抵达了北汊入口处。

汉兹让我给他拿瓶葡萄酒，但直觉告诉我，他是想让我离开甲板，但他的真实目的是什么呢？不过我还是爽快地答应了下来。果然不出所料，我的怀疑得到了证实。他爬到排水孔，从里面摸出一把短刀，藏进上衣，又爬回老地方。

当我驾驶着大船驶向北锚地时，忽然感到一阵不安，回头一看，汉兹正握着短刀向我扑来。我闪开身子，他的胸部撞到了舵柄上。

汉兹虽然受了伤，但动作之快令我吃惊。我顺着软梯爬到桅顶横桁上，然后抓紧时机给枪装弹药。忽然，只见他的右手一挥，我的一只肩膀被短刀钉在了桅杆上。我双枪齐射，他被击中，掉进水里淹死了。

我死死抓住横桁，晕了过去。当我渐渐清醒过来，第一个念头就是拔出短刀。我不由得打了个冷战，其实短剑只擦伤了我的一层皮，我这一哆嗦竟把这层皮撕破了。我又回到甲板上，包扎好伤口，把奥布赖恩的尸体扔进大海。

晚风吹起来，潮水退回大海，大船愈加倾斜，眼看就要倾倒。我抓住断了的锚索，小心谨慎地翻到船外。

我登上岸，恨不得立即回到寨子里去炫耀我的功绩。

夜色越来越深，我谨慎前进。寨子到了，为了慎重起见，我爬着靠近木屋，里面传来同伴们的鼾声，我放下心来。

但事实证明我错了，约翰的绿鹦鹉突然发出尖锐的声音。结果不用多说，我误入了敌营。

　　海盗们已占据了木屋和补给品，但令我万分恐惧的是没见到一名俘虏，我只能假设他们已全部遇害。约翰点着烟斗，表示我的出现让他喜出望外。从他的口中我得知，他认为我是撇下船长逃跑了，我的朋友们还活着，他们和约翰谈好条件后就不知去向了。

　　我告诉他，他的计划失败了。包括开走大船，都是我干的，要杀要留随他便。

　　海盗们要求杀了我，但约翰不同意。海盗们对此非常不满，聚在一起交头接耳，后来又出去商量，我隐约觉得他们在打算推翻约翰。

　　约翰也预感到了危险，表示会竭尽全力救我出去，和我们站在一边。

　　几个海盗商量了半天，其中一个回到木屋，拿着火把又出去了。

　　一会儿，他们一起回到木屋。一个人把一件东西放在约翰手上，然后回到同伴们身边。是黑券！他们要让约翰下台。大伙一致决定按老规矩把黑券交给约翰，是他弄砸了这趟生意，不仅让敌人溜走，还偏袒我。

约翰一番表白辩解，然后把地图扔在地板上。

海盗们像猫见到耗子一样扑向地图，你抢我夺、扯来扯去地争看地图。

约翰说："你们丢了船，而我却能找到宝藏。究竟是谁更有能力？现在我宣布辞职不干了！"

海盗们齐声挽留，表示会永远追随他。

一夜风波到此暂时告一段落。

第二天，医生来了，是来给海盗们看病的。他向我冷冷地点了点头，直奔病人。他看起来很淡定，尽管知道随时都会有生命危险。

之后，医生要求和我说几句话，约翰要我发誓不会逃跑，我爽快地答应了。医生刚走出木屋，海盗们的不满情绪终于爆发了。他们纷纷指责约翰耍两面派。约翰责问道："今天就要去找宝了，我们难道要在这个节骨眼上翻脸？"海盗们无言以对，可心里仍不服气。

我和医生说着话，约翰站在远处。

医生责怪我不该逃跑，并为我惋惜。我把自己的惊险之举简单描述了一遍，医生发出一番感慨。之后，医生把约翰叫过来，表示如果我们能活着离开，一定会尽力救治他们。约翰顿时容光焕发。

医生离开后，约翰说他看见医生在招手，示意让我逃走。可我不为所动，这让他看到了一线希望。

吃早饭的时候，约翰告诉海盗们，说他知道船在对方手里，但只要找到了宝藏，就算豁出命也能找到大船。至于我，他会用绳子把我拴在自己身边，待事成之后再跟我算总账。听后，我胆战心惊，不知如何是好。要知道，约翰历来是个两面三刀的人。

出发后，约翰确实像他说的那样把我拴在了身边。我们坐在两只小船上，在第二条河河口处上岸。我们开始沿着山坡登上高地，快要到达顶坡时看见一具骷髅。约翰认为这人就是阿拉代斯，从这里对准北极星走，一定会找到金灿灿的财宝。

我们登上坡顶，坐下休息。忽然，前方的树丛中传来了我们早已熟悉的歌声。

"十五个汉子趴上了死人胸。

哟—嗬—嗬，

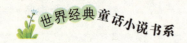

再来朗姆酒一大瓶！"

"是弗林特！"墨利失声叫道。约翰嘴唇吓成了紫灰色。

远处的声音又喊道："达比，拿朗姆酒来！"这是弗林特死前的最后一句话。

海盗们失魂落魄地望着前方。

我听到约翰的牙在打战，但他没有屈服，让大家打起精神来，强调弗林特已经死了，又说那好像是本·葛恩的声音。恢复常态后，海盗们快速前进，我跌跌撞撞地跟着。约翰拽紧绳子，眼里充满了杀气。财宝近在咫尺，曾经的承诺和医生的警告约翰都忘了。

到了目的地，呈现在我们面前的是一个长满青草的大土坑，一望便知宝藏早已被人挖走。

六个海盗猛然被击垮了，但约翰马上就清醒过来。他递给我一支双筒手枪，点头示意我："形势危急！"另外五个海盗十分恼火，双方发生了对峙。墨利带头发动攻击，从矮树丛里闪出三道火光，一个海盗应声倒下。约翰扣动扳机，墨利也一命呜呼。剩下三个掉头就跑。

我们跟着医生、葛雷、本·葛恩抢在三个海盗到达前夺取了小艇。原来，是本·葛恩掘走了宝藏，运到双峰山的一个洞穴里。如果不是因为我，今天他们是不会来设伏的。

我们乘艇来到北汊口，大船还在。

乡绅在坡顶上迎接我们，对我既亲切又和蔼，只字不提我逃跑的事。约翰恭恭敬敬地向他行礼，他却气得满脸通红。

我们都进了洞穴，看见几大堆金币、银币和架成四边形的金条。

第二天一大早，我们开始把财宝搬到"伊斯班袅拉"号上。

约翰每天遭到白眼，可他不在乎，始终低三下四地讨好着每一个人。关于那三个海盗，我们决定把他们留在岛上，给了他们大量的生活用品。

在一个早晨，我们一切准备妥当，起锚远航。途中我们到达一个港口，医生和乡绅带我上岸玩了一个晚上，天亮才回来。本·葛恩急于向我们忏悔，说为了我们的安全，他放走了约翰，只是让他偷走了一袋价值三四百基尼的金币。

大家都为这么便宜就摆脱了约翰而感到高兴。我们平安回到英国时，布兰德利先生正准备组织后援队接应我们。

我们每人分得了一份丰厚的财宝。至于约翰，我们再也没听到关于他的任何消息。

烟囱里的秘密

一个中年女人的丈夫死了，给她和三个女儿留下一大袋子的金子和银子。

一天，她和女儿们祭拜完丈夫回到家里，看见一个老婆婆正在敲门。老婆婆穿得破破烂烂的，衣服上有很多补丁。

好心的中年女人可怜老婆婆，去给老婆婆找一些吃的东西。可是老婆婆却趁她离开的工夫，把金子和银子都给偷走了。

中年女人和女儿们一下子就变成了穷人。中年女人只好一直工作，没日没夜地干活儿，只有这样才能养活自己和女儿们。

慢慢地,女儿们都长大了。

"妈妈,我现在已经长大了,不能总待在家里,要到外面的世界去寻找幸福。你给我烤一点儿燕麦饼做干粮吧。"一天,最不爱劳动,也最不漂亮的大女儿对妈妈说。

中年女人烤了两个饼,一个饼只有半块,却饱含着妈妈满满的祝福;另一个是一整块饼,却没有妈妈的祝福。妈妈让大女儿选一个,大女儿选了一整块的饼。

"如果过了一年零一天,我还没有回家,那就证明我健康地活着,并且已经找到了自己的幸福。"临走时,大女儿对妈妈和妹妹们说。

大女儿走了很久,终于来到了另一个王国,看见路边有一幢房子。房子好像马上就要倾倒了似的,门口坐着一个老婆婆。老婆婆看起来年纪很大,身体也很不好。

"姑娘,你这是要到哪儿去呀?"老婆婆问大女儿。

"我要去寻找幸福。"大女儿开心地回答道。

"我现在需要一个女仆，你可不可以留在我家？"老婆婆问大女儿。

"我都需要干什么？"大女儿反问道。

"帮我洗洗衣服，扫扫地，生生炉子就可以了，但你一定要记住，千万不能去看烟囱，不然就要倒大霉喽。"老婆婆回答说。

"不看就不看，我留下。"大女儿想了想说。

第二天，大女儿帮老婆婆洗了澡，穿好衣服。老婆婆满意地出门了。

"如果我只用一只眼睛看看烟囱，应该不会倒霉吧？"大女儿做完家务，闲着没事儿，暗自想道。

于是，她睁着一只眼睛，闭着一只眼睛往烟囱里看，竟然看到烟囱里挂着父亲留给她们的那袋金银。原来偷走袋子的正是这个老婆婆。

大女儿非常生气，一把抓起袋子，拼命往自己家的方向跑。

刚跑一会儿，大女儿就遇到一匹马，这匹马正在田里悠闲地吃着青草。

"好心的姑娘，求你帮我抓抓痒吧。都整整七年没有人给我抓痒了，我都要痒死了。"见大女儿经过，马就对她说道。

大女儿不但没有帮助马，反而用棍子狠狠地打它，把它赶走了。

大女儿接着往家跑，又遇见一只绵羊。

"好心的姑娘，求你帮我剪剪羊毛吧。都整整七年没有人给我剪过毛了，我都要热死了。"绵羊对她说道。

大女儿拿起棍子，把绵羊也赶走了。

大女儿继续跑，遇到了几只温柔的山羊。

"好心的姑娘，求你帮我换根绳子吧，都整整七年没有人给我换过绳子了，我都要难受死了。"一只山羊对她说道。

大女儿用石头把山羊打得浑身是血，把它赶走了。

后来，大女儿又碰到一只炉子。

"好心的姑娘啊，求你帮我打扫打扫吧，都整整七年没人给我打扫了，我都要脏死了。"炉子也说话了。

大女儿狠狠地瞪了炉子一眼，一脚把它踢到很远的地方。

大女儿继续往家跑，跑着跑着，又被一头母牛给拦住了。

“好心的姑娘啊，求你帮我挤挤奶吧，都整整七年没人给我挤奶了。”母牛对大女儿说道。

大女儿不仅没给母牛挤奶，还用脚不停地踢它，最后把它赶走了。

大女儿跑进一家磨坊。

“好心的姑娘啊，求你快转转我吧，都整整七年没人转我了，我现在好难受啊。”磨盘对大女儿说道。

大女儿嫌弃地看了一眼磨盘，在一扇小门后面找了个地方，用装满了金子和银子的袋子当枕头，睡着了。

另一边，老婆婆回到家没看到大女儿，赶紧去看烟囱，发现大女儿把装着金银的袋子给拿走了，气得直跺脚，立刻去追。

走了一会儿，老婆婆看见马。

“乖马儿，你有没有看见一个背着大袋子的姑娘。她是我的女仆，把我积攒的金银都给偷走了。”老婆婆问道。

“那个坏女人刚刚从这里经过。”马立刻回答道。

老婆婆往前走，不一会儿看见一只绵羊。

"乖绵羊，你有没有看见一个背着大袋子的姑娘？"老婆婆问道。

"那个讨厌的姑娘刚刚就是向这个方向跑的。"绵羊很气愤地说。

老婆婆顺着路追，又遇见山羊、炉子和母牛，它们都指出了大女儿逃走的方向。

没过多长时间，老婆婆就找到磨坊，看见一个磨盘。

"好磨盘，你有没有看见一个姑娘，她背着一个大袋子？"老婆婆问磨盘。

"她正在小门后面睡觉呢，你快去找她吧。"磨盘立刻回答道。

老婆婆在小门后面找到了正在熟睡的大女儿，用手杖指了她一下，她一下子变成一块大石头，再也不能说话和走路了。

老婆婆拿起袋子回家了。

大女儿离家已经一年零一天。

"妈妈，姐姐这么长时间都没有回来，肯定是在外面过上了好日子。你快给我烤点儿燕麦饼吧，我也要到外面的世界去寻找幸福。"见姐姐一直没有回来，二女儿对妈妈说道。

"我的乖孩子，你是想要半块有妈妈满满祝福的饼，还是要一整块没有妈妈祝福的饼？"妈妈问二女儿。

二女儿也和姐姐一样，拿了一整块的饼，离开了家。

"妈妈，如果过了一年零一天，我还没有回来的话，那就说明我很健康地活着，并且已经找到了幸福，你们就不用再担心我了。"出发前，二女儿同样对妈妈说道。

二女儿很懒惰，不懂道理，不善良，也被老婆婆变成了一块石头，不能动，不能说话。就这样，又过了一年零一天，二女儿依旧没有回家。

小女儿长得最漂亮，也最善良。

"妈妈，姐姐们到现在都没有回来，应该都找到了幸福，我也要到外面的世界去寻找幸福。你也给我烤一块饼吧。"小女儿对妈妈说道。

"我的宝贝女儿，你是想要半块有我满满祝福的饼，还是要一整块没有妈妈祝福的饼？"妈妈问小女儿。

"我要有你祝福的饼。得到了你的祝福，我也许会更快找到自己的幸福。"小女儿回答说。

小女儿拿着半块饼，开开心心地出发了。

她也来到老婆婆家，当起了女仆，睁一只眼闭一只眼地

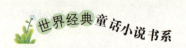

往烟囱里看，发现了装满金银的袋子，并且也拿着袋子赶紧回家。

路上，马请求她给自己抓痒痒。小女儿把袋子放在一旁，用自己的木梳给马舒舒服服地抓了顿痒，马非常感谢她。

后来，善良的小女儿帮绵羊剪了毛，帮山羊换了绳子，把炉子清理得干干净净，给母牛挤了奶，最后也来到磨坊。

"善良的姑娘啊，求求你转转我吧，都九年没人转我了，我快难受死了。"磨盘痛苦地对小女儿说。

"哎呀，多么可怜的磨盘啊，快让我来帮帮你吧。"小女儿心疼地说。

小女儿转动磨盘，磨盘开心极了。

小女儿累了一天，筋疲力尽，在小门后面找了个地方，很快就进入了梦乡。

另一边，老婆婆回到家，发现自己的女仆没有在家，装着金银的袋子又不见了，于是急急忙忙就跑出去追小女儿。

"听话的马儿，你有没有看见一个姑娘背着一个袋子？"老婆婆经过马厩的时候问马。

"我是专门为你看着女仆的吗？你自己去找吧。"马儿生气地说。

老婆婆碰了一鼻子灰，只好悄悄地走开，之后又碰到绵羊、山羊、炉子和母牛，它们也都没有透露小女儿的去向。

"听话的磨盘，你有没有看见一个背着大袋子的女孩？她是我的女仆，把我积攒了一辈子的金银都给偷走了。"老婆婆来到磨坊问磨盘。

"你走近点，紧挨着我的耳朵说，不然我听不清你说什么。"磨盘对老婆婆说。

老婆婆走到磨盘旁，打算弯腰跟磨盘说话，磨盘趁她不注意，把她卷进了自己的身体里磨成了粉末。

小女儿睡醒了，从门后走出来。

"这是老婆婆的手杖，你拿着手杖对着那边的两块石头打两下。"磨盘叫住小女儿对她说。

　　小女儿按照磨盘说的做了，两个姐姐出现在小女儿的面前，又哭又笑，紧紧拥抱妹妹，感谢妹妹把她们变回人，真心的请求妹妹原谅自己的懒惰和粗鲁，保证以后会更加勤快，更加友善地对待别人。

　　第二天，小女儿拿着金银和两个姐姐一起高高兴兴地回家了。

　　可怜的妈妈以为女儿们都不在人间了，正哭得伤心，一抬头看见三个女儿结伴回来了，还把丈夫留下的金银都带了回来，乐得都合不拢嘴了。一家人从此过上了幸福的生活。